Marie-Aude Murail

Zapland

Illustrations de Frédéric Joos

Mouche
l'école des loisirs
11, rue de Sèvres, Paris 6e

Loi n° 49.956 du 16 juillet 1949 sur les publications destinées à la jeunesse : octobre 2016
Dépôt légal : octobre 2016
Imprimé en France par Pollina Fastline à Luçon - L2272

ISBN 978-2-211-22770-4

Pour Jean Delas

« Et pour la première fois,
je me suis rendu compte
que derrière chacun de ces livres,
il y avait un homme. »

Ray Bradbury, *Fahrenheit 451*

1

Comme j'ai 8 ans ce 4 juin 2054, mes parents veulent que j'apprenne à lire. M@man m'a dit que c'était utile, mais je n'ai pas compris à quoi. P@pa m'a expliqué que c'était bien de reconnaître les mots sur les sachets de soop parce que, si le dessin est mal fait, on risque d'acheter une soop au tomaricot en croyant que c'est une soop de caropignon. Sauf que le tomaricot ne ressemble pas du tout au caropignon. Et que, de toute façon, je ne mange pas de soop.

Cette année, j'ai l'infomaîtresse que ma sœur a eue. Il paraît qu'elle est cool. Elle s'appelle madame Poincom, elle a 82 ans, c'est sa dernière année avant la retraite. J'ai aussi le port-hop de ma sœur. Il n'est plus du tout à la mode avec ses paillettes ! Ma copine C@ro m'a montré le sien, couleur arc-en-ciel, et qui sent la bananille.

Madame Poincom est venue nous chercher sur le site d'accueil et nous a accompagnés jusqu'à notre infosalle.

Quand je suis passée sous le portique de détection, une voix est tombée du ciel : « Hello, Tanee ! »

Je m'appelle Tanee. M@mie m'a donné une astuce quand j'étais petite pour retenir comment s'écrit mon prénom. Elle m'a dit :

– Il y a deux « e » dedans pour faire une omelette.

Je n'ai jamais compris pourquoi mes deux œufs faisaient Tanii comme quand on criie ! Mais madame Poincom va m'expliquer.

Notre infosalle est très jolie, elle est bleue, mais je peux la faire changer de couleur avec mes lunettes. Je l'ai repeinte en rose pendant que C@ro réglait ses lunettes sur le jaune. Puis elle a voulu mettre des poneys au plafond. Je lui ai soufflé à l'oreille :

– Moi, je préfère les dauphins.

Madame Poincom s'est tout de suite énervée.

– Vous rangez vos e-lunettes ou je vous les confisque. J'avais pourtant prévenu vos parents que je ne voulais pas de gadgets !

Ma sœur m'a encore raconté des histoires : elle n'est pas du tout cool, notre infomaîtresse. Elle nous a demandé d'allumer notre port-hop

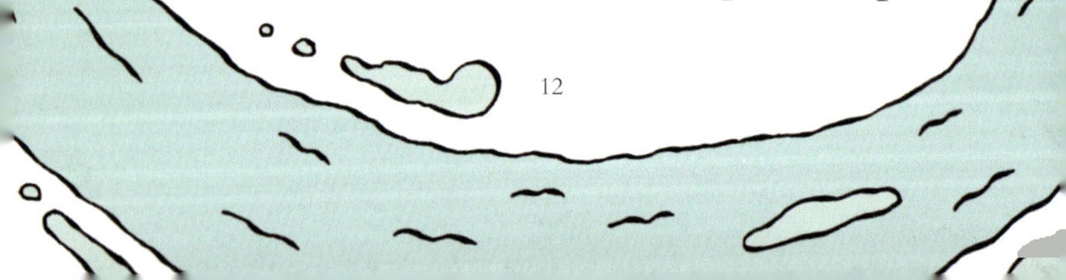

et de télécharger notre première mission.

– Tanee, comment veux-tu m'entendre si tu ne mets pas tes écouteurs ?

J'ai l'impression qu'elle m'a déjà repérée. Mon écran s'est éclairé et deux lapins sont apparus sur leur planche de surf.

« Bonjour Tanee ! Nous sommes Zip et Zap. Avec nous, la lecture, ça glisse comme la confiture ! »

Ils se sont mis à rapper en surfant, du genre : « Casse-toi d'là, dit le A au O qu'est trop rigolo. » On s'est regardées par-dessus notre port-hop, C@ro et moi, complètement catastrophées. C'était quoi, ce truc de débile ? Heureusement qu'il y avait des jeux !

Des A et des O défilaient à toute vitesse et nous devions exploser tous les A avec notre stylet mais laisser la vie sauve aux O. Au bout de 100, on passait au niveau suivant pour tuer des U.

– Quand vous aurez liquidé tous les Y, a dit madame Poincom dans notre oreillette, vous pourrez télécharger la deuxième mission. Tanee, je t'ai vue sur mon écran de contrôle, tu as fait exprès de tuer les O à la place des A, tu vas redoubler le niveau.

Au bout d'une semaine de Zip et Zap sur mon port-hop, j'étais trop dégoûtée parce que je ne savais toujours pas lire.

Pourtant, dans la forêt enchantée de Zapland, j'avais fait péter tous les

P et les T qui se cachaient dans les fourrés, et mes D avaient battu les B de C@ro à la course en bobsleigh. Mais j'en avais marre de tous ces jeux, et surtout d'entendre Zip et Zap chanter : « Avec nous, la lecture, ça glisse comme la confiture » chaque fois que je gagnais. Dès que madame Poincom s'endormait, le nez sur ses écrans de contrôle, C@ro et moi, on coupait le sifflet à ces deux crétins et sur les murs de notre infosalle, on se projetait des dauphins.

2

Les mercredis où m@mie ne peut pas me garder parce qu'elle se téléporte toute la journée à Gif-sur-Yvette ou bien au sommet de l'Himalaya, je suis invitée chez C@ro. Elle habite tout près d'un endroit effrayant qu'on appelle Lequartier. C@ro vit seule avec sa mère et elle a tout ce qu'elle veut, par exemple une télécran qui fait le tour de sa chambre et un phonoscript, qu'elle a eu pour son anniversaire. Je suis un peu jalouse parce que p@pa me trouve trop petite pour en avoir un.

– Tu peux l'essayer, m'a dit C@ro. Moi, je ne sais pas quoi faire avec.

Je me suis assise dans le poof intégré au phonoscript et j'ai dicté l'histoire d'un poney à la bananille

qui partait au pays de Zapland pour écrabouiller des lapins crétins sous ses sabots. On était mortes de rire. L'histoire s'écrivait sur l'écran au fur et à mesure et j'ai reconnu beaucoup de A et même plusieurs Y. De temps en temps, je disais au phonoscript :

– Dessine-moi un poney.

Et il me faisait un poney, plutôt moche. L'embêtant, c'est qu'au bout de dix minutes, je ne me souvenais plus de ce que j'avais raconté au début. P@pa a raison. On est trop jeunes pour le phonoscript parce qu'on sait dicter, mais on ne sait pas lire.

– Les filles ! a appelé une voix au loin. C'est l'heure du goûter !

Madame Arobase, la mère de C@ro, était à son télétravail, le casque sur les oreilles, le micro devant la bouche. Elle nous a dit sans nous regarder qu'elle ne pouvait pas se décoller de l'écran avant l'heure du dîner.

– Allez vous acheter quelque chose à la boulangerie, a-t-elle ajouté, mais pas de calorichonneries ! C@ro, n'oublie pas de prendre mon phone-hop pour payer.

Une fois dans la rue, j'ai dit à ma copine que je l'enviais d'avoir une maman qui travaille à la maison.

– Ah non, ce n'est pas drôle, m'a répondu C@ro, elle ne se met jamais en mode pause. Ce n'est pas une mère que j'ai, c'est un robot.

– Sérieux ?

– Mais non, je rigole. ☺ Qu'est-ce qu'on se prend pour le goûter ?

Comme on n'avait personne pour nous surveiller, on s'est acheté plein de gélibonbons et deux briochips bien grasses.

– Alors, les filles, nous a demandé madame Terminal à la caisse, un zeuro vingt de gélibonbons et deux zeuros cinquante de briochips, ça fait combien en tout ?

Les adultes adorent nous poser des questions pour nous prouver qu'on ne sait rien. Mais C@ro n'est pas du genre qui se laisse faire. Elle a répliqué :

– Mon phone-hop a la réponse. Je ne vois pas pourquoi je me fatiguerais.

– Ah, là, là, les enfants de maintenant ne veulent plus rien apprendre, a soupiré madame Terminal.

Elle a passé le phone-hop au-dessus de son contacteur et on a entendu une voix qui disait :

« Vous avez payé trois zeuros soixante-dix. Au revoir et merci. »

– En plus, il est poli, a remarqué C@ro.

On est sorties en ricanant et on s'est empiffrées de gélibonbons sur le chemin du retour.

– Ne prends pas toutes les banan-illes ! ai-je protesté en voyant la façon dont C@ro partageait.

Je ne sais pas comment la chose est arrivée, mais nous nous sommes perdues. Peut-être parce que nous étions trop occupées à nous disputer ? Tout à coup, je me suis arrêtée.

– Où est-ce qu'on est ?

La rue était déserte, les magasins étaient vides, les fenêtres des maisons étaient bouchées par des planches de bois. C@ro n'a pas eu besoin de me répondre. J'ai deviné qu'on venait d'entrer dans Lequartier. Au bout de la rue et montant presque jusqu'au ciel, il y avait des blocs de pierre effrayants. C@ro m'en avait déjà parlé. Ce sont les e-meubles. Les e-meubles de Lequartier. Brrr. Autrefois, des gens vivaient à l'intérieur. J'avais très peur en les regardant et en même temps je me sentais aspirée vers eux comme par un aimant géant. Caro m'a tirée par la manche de ma combi.

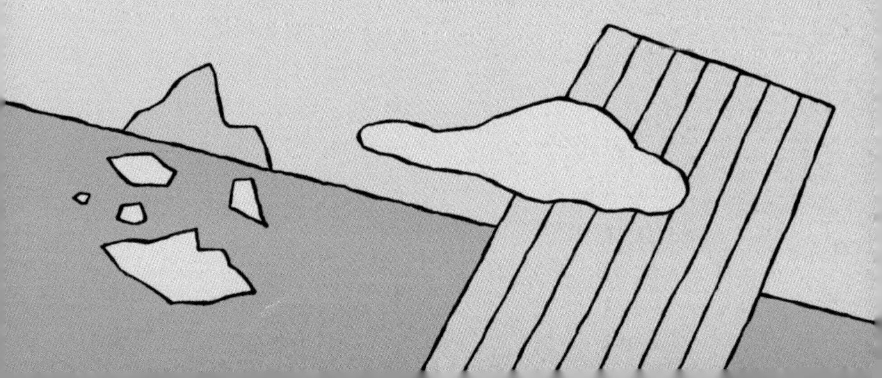

– Viens. Il ne faut pas rester ici.

Je ne sais pas ce qui nous a pris, on a couru comme deux folles. Mais plus on courait, plus on se perdait.

Je voyais des mots écrits sur des plaques bleues, un peu comme sur des sachets de soop. Je suis sûre qu'ils disaient la route à suivre, mais je ne pouvais pas les lire. Soudain, je me suis immobilisée et je me suis frappé le front pour me punir d'être aussi bête.

– C@ro, ton phone-hop ! Demande-lui notre chemin.

C@ro a rigolé, un peu vexée de ne pas y avoir pensé la première. Dès qu'elle a dit au phone-hop : « Chez madame Arobase », il a récité bien gentiment : « Prendre la deuxième rue à droite, marcher cinquante mètres, puis tourner à gauche… »

Dix minutes plus tard, nous étions dans la rue de C@ro. Sauvées !!!

– Je me demande comment les gens faisaient autrefois pour vivre dans des maisons carrées, on est si bien dans sa bulle, a soupiré C@ro en entrant chez elle.

Quand m@mie est venue me chercher en fin d'après-midi, elle avait un drôle d'air. Elle s'est excusée auprès de madame Arobase en se passant la main dans les cheveux :

– Je suis toute décoiffée avec ce vent…

En fait, elle s'était téléportée toute la journée et elle était encore un peu pixélisée. Au retour, je lui ai chanté sur l'air de la publicité : « Trop se téléporter nuit gravement à la santé. »

– Chut, chut, me répétait m@mie en riant. Si ta mère l'apprend, elle va me gronder.

J'adore m@mie parce qu'elle est la seule grande personne qui fait des bêtises et que je peux lui raconter les miennes. Je lui ai dit que C@ro et moi, on s'était goinfrées de gélibonbons et qu'on s'était perdues dans Lequartier. M@mie a froncé les sourcils.

– Tanee, tu sais très bien que c'est dangereux d'aller dans Lequartier ! Les maisons sont en ruines et les murs peuvent s'effondrer. Promets-moi de ne plus JAMAIS y retourner.

J'ai promis mais, pour la première fois de ma vie, j'ai eu envie de quelque chose qui me faisait peur.

3

Chez mes parents, il y a plus d'ambiance que chez C@ro parce qu'on est quatre. Et même cinq, si m@mie vient dîner. Quand on était petites, ma sœur et moi, on jouait à deux sur nos game-hop. Mais depuis qu'elle a treize ans, Aliène ne s'intéresse plus à moi. Elle s'enferme dans sa bulle pour se sky-hoper avec ses copines et parler des garçons pendant des heures et des heures.

À table, Aliène ne parle jamais sauf pour dire qu'elle n'aime pas. D'ailleurs, ce soir-là, quand m@man a posé la casserole sur la table avec la louche qui dépassait, Aliène s'est écriée :

– Ah non ! Je n'aime pas la soop de caropignon !

Parfois, c'est pratique d'avoir une grande sœur. On n'a plus qu'à ajouter :

– Moi non plus.

Pour éviter la dispute, m@man m'a demandé sur un ton très gai :

– Alors, Tanee, ça se passe bien avec madame Poincom ?

J'ai pris ma tête de trop dégoûtée.

– Pff. On n'apprend rien.

– Comment ça ? s'est étonné

p@pa. Tu n'as pas découvert les A et les O sur ton port-hop ?

J'ai encore soupiré en pensant à ces deux crétins de Zip et Zap.

– J'ai aussi appris les P, les B, les T… Mais je ne sais toujours pas lire !

P@pa et m@man ont éclaté de rire.

– Ça, m'ont-ils dit, on en reparlera dans trois ans.

Ce soir-là, Aliène avait envie de nous parler parce qu'elle revenait d'un voyage dans le temps avec sa classe. Elle nous a expliqué qu'avec monsieur Ouikipède, leur prof d'e-stoire, ils étaient allés au Moyenne d'Âge.

– Au Moyen Âge, a rectifié m@man.

– C'est pareil, et de toute façon, c'était nul. Les gens construisaient des e-meubles jusqu'au ciel pendant cent ans puis ils se faisaient la guerre pendant cent ans. Ils n'avaient jamais le temps de terminer un truc !

– C'est ça, les jeunes de maintenant, a commenté p@pa. Dès que ça dure plus de cinq minutes, ils s'impatientent !

Après le dîner, j'ai entendu frapper à ma porte, que j'ai fait coulisser avec mon zap-hop.

– Aliène ?

Elle ne vient jamais me voir sauf pour me crier dessus parce que je me suis servie de son phonoscript sans sa permission. Mais ce soir-là, elle n'avait pas l'air fâché.

– Tu veux que je t'apprenne ? m'a-t-elle demandé.

– Que tu m'apprennes quoi ?

– À lire.

– ☺

Aliène, qui a le même phonoscript que C@ro, lui a dicté les lettres que je connais déjà. Puis elle m'a montré comment on peut mettre le B avec le A et le T avec le O.

– Voilà comment on écrit un BATO, m'a-t-elle dit.

Elle m'a promis qu'on travaillerait ensemble et que je saurais bientôt lire. Heureusement, parce que dans mon infoclasse, les choses ne s'arrangeaient pas.

Nous étions devenus « les Aventuriers de l'Alphabet perdu » et nous avions pour mission de récupérer par équipe de deux (moi et C@ro, bien sûr) toutes les lettres menacées par Zapman et ses zombies.

– Dès que vous aurez reconstitué

l'alphabet, comptez bien les lettres, il y en a 26, vous aurez le droit de vous envoler en soucoop pour Alpha-city, nous a annoncé madame Poincom.

Mais avant d'atterrir, nous devions récolter le maximum de voyelles pour augmenter notre barre d'énergie et gagner des points de vie en délivrant les consonnes prisonnières du Grand Méchant Laroosse. Je n'en peux plus !!! Je déteste les P qui puent, les X maléfiques, les T qui donnent droit à trois ting-ting, les D qui donnent droit à deux ding-ding. Tuez-les tous et qu'on n'en parle plus !

Un soir où je n'arrivais pas à m'endormir, j'ai allumé mon game-hop pour jouer sous ma couette. Mais au bout de cinq minutes, je me suis aperçue que je m'ennuyais. J'ai éteint mon écran et je suis montée sur mon BATO avec m@mie et Aliène. Je voyais la mer, les nuages au-dessus de moi, les dauphins qui sautaient hors de l'eau, et je sentais le bercement des vagues. Soudain, le soleil s'est voilé et il a fait noir comme si la nuit était tombée. Les murs vertigineux des e-meubles me cachaient la lumière.

J'ai donné l'ordre de descendre à terre et nous nous sommes retrouvées toutes les trois dans un labyrinthe très étroit entre des murs très hauts. Nous avancions à la queue leu leu quand Aliène s'est écriée :

– Alerte ! Les zombies attaquent !

Ils dégringolaient des toits, bondissant comme des crapauds, et faisant entendre un affreux cliquetis d'os. À mon tour, j'ai crié :

– Vite, vite, m@mie, on retourne au BATO !

J'ai senti de nouveau mon lit qui me berçait, soulevé par les vagues, et je me suis éveillée en sursaut. Oups ! J'avais laissé ma sœur avec les zombies.

4

Le samedi midi, je déjeune chez m@mie, toute seule, comme une grande. Elle me prépare des plats que j'aime, des coquinouilles ou un crocdog, et après le repas, elle me sort de ses armoires des vieilleries du genre un « téléphone » préhistorique.

– Tiens, regarde-moi ça, m'a dit m@mie ce samedi. C'était à mon grand-père.

Elle a posé près de mon assiette à dessert un appareil qui se pliait en deux avec, d'un côté, un écran et, de l'autre, plein de lettres de couleur blanche, A Z E R T Y, imprimées sur des petits carrés en plastique noir. J'ai demandé à m@mie à quoi ça servait.

– On tapait sur les lettres et elles s'affichaient sur l'écran comme quand tu dictes au phonoscript.

– On tapait avec quoi ?

– Mais… avec les doigts, ma chérie.

Pour m'amuser, j'ai « tapé » avec mon index droit le mot que je connais. BATO.

– C'est dommage que ça ne marche plus, ai-je murmuré en regardant l'écran noir.

– Tout passe, tout casse, a dit m@mie en s'éloignant vers la cuisine avec nos assiettes sales.

Au moment de quitter m@mie, je lui ai fait un mensonge terrible. Je lui ai dit que mercredi prochain j'irais au kiné-hop avec C@ro voir le dernier Tom Burtin.

– Tom Burtin, ce n'est pas toujours pour les enfants… Tu n'auras pas peur ? s'est inquiétée m@mie.

J'ai fait non de la tête, un peu triste de lui cacher la vérité. Avec

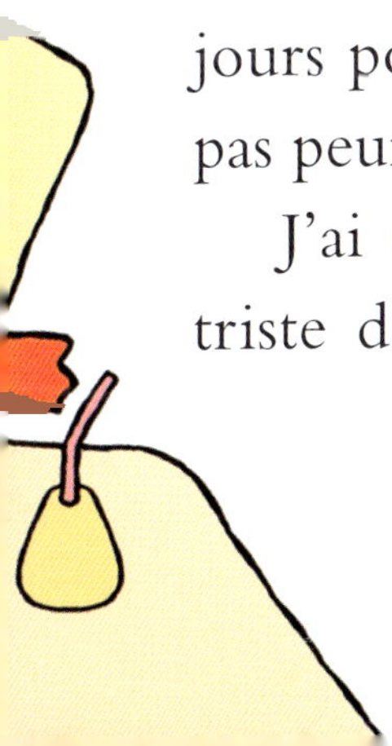

C@ro, on avait décidé d'explorer Lequartier.

Donc, le mercredi après-midi, madame Arobase nous a prêté son phone-hop pour qu'on se paye notre place au kiné-hop, et nous sommes parties, C@ro et moi, en direction des e-meubles sans prévenir personne.

Devant les premières maisons vides, celles qui font des petits cubes tous pareils, on riait encore et on frimait. Mais au pied des grands murs sombres, je me suis rappelée mon cauchemar de zombies.

– Tu prends racine ? m'a demandé C@ro.

– Et toi, pourquoi tu n'entres pas ?

La porte de l'e-meuble était grande ouverte.

– Vas-y d'abord, c'était ton idée, m'a répondu C@ro.

J'ai proposé qu'on ploof pour savoir qui entrerait la première.

– D'accord, a dit C@ro. Ploof, ploof:

Ins,ta,gram,
Print et print et colégram,
Face de book et ratatam,
Ins,ta,gram.

Bien sûr, c'est tombé sur moi. Donc, je suis entrée et je me suis tout de suite pris les pieds dans une boîte en fer aux coins très douloureux. Il y en avait une dizaine d'autres, accrochées aux murs et prêtes à tomber. De vrais pièges à zombies. Je suis ressortie en disant que je n'avais rien vu d'intéressant.

Nous avons continué notre exploration de Lequartier. C'était comme une poubelle qu'un géant aurait renversé d'un coup de pied : des murs en ruines, des tas de ferraille, des arbres déracinés… Un des e-meubles en verre faisait penser à un palais de cristal après un bombardement. Je me suis faufilée par un trou de la vitrine et C@ro m'a suivie. Nous nous sommes retrouvées dans un endroit immense et plein d'échos. Le tapis de poussière que nous soulevions en marchant nous gratouillait la gorge.

Il y avait partout des étagères, certaines debout, d'autres à la renverse, toutes pareilles et toutes vides.

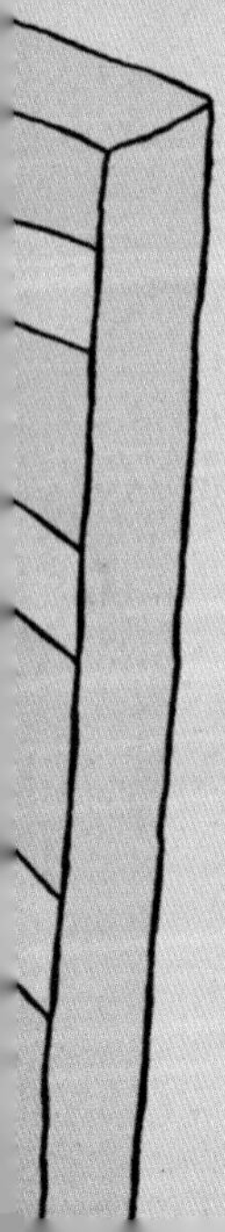

Le soleil était entré avec nous, je n'avais plus peur du tout jusqu'au moment où, sous une étagère que j'essayais de relever, j'ai aperçu quelque chose de vert, de jaune, de rouge, petit, immobile, comme caché au fond d'un terrier. J'ai poussé un cri et j'ai laissé retomber l'étagère. C@ro s'est approchée de moi.

– Tu as vu quelque chose ?

– Je crois que je l'ai écrabouillé.

– C'était quoi ? Une bête ?

J'ai réfléchi.

– Non. C'était plutôt un game-hop préhistorique.

J'avais cru voir un petit dragon vert et jaune qui crache du feu, mais c'était seulement une image sur un écran. J'aurais voulu le vérifier, mais C@ro s'est agrippée à mon bras en murmurant :

– Y a quelqu'un.

Au même moment, j'ai entendu un bruit de pas que l'écho multipliait de façon terrifiante. On a couru vers la sortie, couru dans la rue, couru jusqu'à la boulangerie…

– Alors, les filles, nous a accueillies madame Arobase sans quitter des yeux son écran, ça vous a plu, *Zombattaque* !

J'ai répondu qu'on avait eu trop peur et qu'on n'était pas restées jusqu'au bout. Je n'avais pas fini mon mensonge que, poof ! m@mie s'est matérialisée devant nous. Elle a fait deux pas en titubant puis elle s'est excusée auprès de madame Arobase.

– Je suis confuse, vraiment. C'est le téléport qui a raté mon atterrissage.

– Cela arrive, a répondu madame Arobase en riant. L'autre jour, il s'est carrément trompé de destination. Je lui avais demandé : « Rue de Lyon à Paris » et je me suis retrouvée rue de Paris à Lyon !

– J'espère qu'on vous a remboursée ?

Et blabli et blabla. Quand les

adultes commencent à parler de leurs problèmes de téléport, il y en a pour des heures.

Sur le chemin du retour avec m@mie, je traînais des pieds, tellement j'avais marché et couru. Comme on passait devant une cabine de téléport, j'ai demandé pourquoi on ne le prenait jamais.

– Tanee, tu sais bien que c'est déconseillé aux moins de 13 ans.

– Oui, mais juste pour une fois ? Une fois, s'il te plaît ?

M@mie secouait la tête. Pour me venger, je lui ai dit qu'elle était une grande personne comme les autres.

– Peut-être, mais ce mercredi n'est pas un mercredi comme les autres, m'a répondu m@mie sans se vexer.

Ce mercredi, je devais dormir chez elle parce que p@pa et m@man allaient au kiné-hop en amoureux.

– À ce propos, m'a dit m@mie, tu ne m'as pas raconté *Zombattaque !*

J'ai voulu imiter Aliène quand elle embrouille les parents et j'ai mélangé toutes les histoires de Tom Burtin que je connais. Mais je déconseille aussi les embrouilles aux moins de 13 ans. Au bout de trente secondes de mes bafouillages, m@mie m'a démasquée :

– Tanee, tu n'es pas allée au kiné-hop !

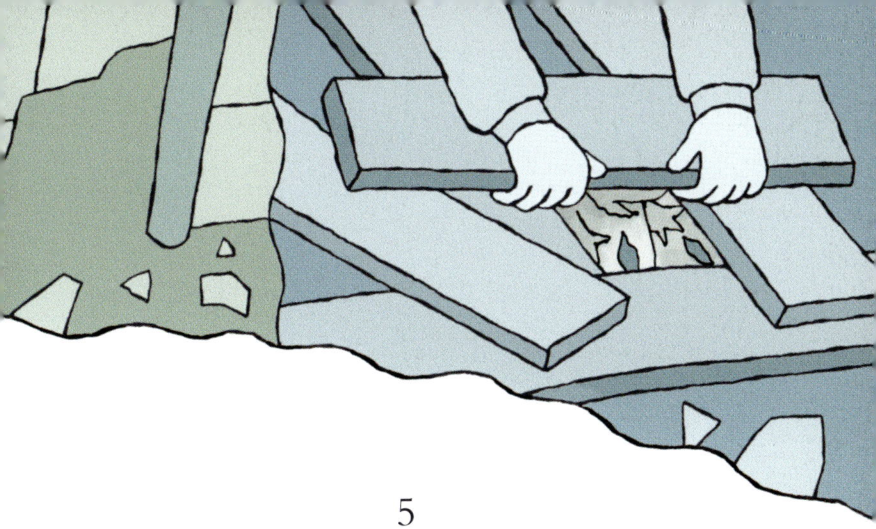

5

Je lui ai raconté notre exploration de Lequartier depuis la boîte en fer dans laquelle j'avais shooté jusqu'au bruit de pas mystérieux. M@mie n'a même pas pensé à me disputer tellement elle était passionnée.

– Attends, attends, Tanee, décris-moi ton game-hop préhistorique. Quelle taille avait-il ? Trente centimètres de haut à peu près ? Et l'image ne bougeait pas ? Et tu l'as trouvé dans l'e-meuble en verre ?

On aurait dit qu'elle menait une enquête de police. Je l'ai même entendue marmonner : « Il faut que je mette la main dessus », comme s'il s'agissait du coupable.

– Tanee, tu vas me conduire à l'endroit où le game-hop est enterré.

– Maintenant ? Mais il fait nuit.

Sans prendre la peine de me répondre, m@mie a allumé le laser de son phone-hop. J'ai gémi :

– C'est loin... J'ai mal aux pieds.

– Il y a une cabine de téléport au bout de ma rue et il me reste deux voyages sur ma carte.

– Mais c'est déconseillé aux enfants !

– Quand ils ne sont pas accompagnés.

De toute façon, je pouvais dire ce que je voulais, m@mie avait déjà enfilé ses bottes et son manteau.

Je savais à quoi ressemble l'intérieur d'une cabine de téléport parce qu'on s'y était déjà faufilées, C@ro et moi, pour faire semblant de se téléporter. Les parois sont rondes, lisses, d'un gris métallisé, on est tout serré, et la lumière est dorée. M@mie a sorti sa carte de téléport et l'a passée au-dessus du contacteur.

« Bonjour, a dit la voix de synthèse, et bienvenue sur nos réseaux Téléport International ! Veuillez indiquer votre destination souhaitée. »

M@mie a ar-ti-cu-lé parce que le téléport est un peu dur d'oreille :

– Mé-dia-tek de Le-quar-tier.

Brrr. Quel nom terrifiant ! M@mie m'a prise par la main pour qu'on ne soit pas envoyées dans des directions différentes.

« Pour des raisons de sécurité, a repris la voix de synthèse, ce téléport est non-fumeur. Veillez à éteindre votre phone-hop. Au signal sonore, et pour faciliter votre dématérialisation, pensez à bloquer votre respiration. »

Des chiffres ont défilé sur un petit écran. 5, 4, 3, 2, 1… Trois colonnes de lumière, bleue, jaune, rouge sont tombées sur nous du haut de la cabine et baoum !!! J'ai eu l'impression que ma tête explosait,

que mes jambes partaient dans un sens, les bras dans le sens opposé, et mes yeux n'étaient plus qu'une pluie d'étincelles. J'ai hurlé :

– M@mie ! M@mie ! Je n'y vois plus !

J'avais oublié que c'était la nuit. Le laser de m@mie a brusquement fait sortir de l'ombre l'e-meuble de verre. Le téléport nous avait déposées juste devant la Médiatek de Lequartier. Nous sommes entrées par la trouée dans la vitrine et m@mie a prononcé une de ses phrases fétiches :

– Voyons voir, disait l'aveugle.

Puis elle a promené le pinceau de son laser tout autour de nous. Elle m'a demandé s'il fallait aller plutôt à droite ou plutôt à gauche, je n'en

savais rien du tout et j'avais surtout peur d'entendre de nouveau les pas d'un inconnu.

– Ne t'inquiète pas, Tanee, c'était quelqu'un qui explorait la Médiatek tout comme toi. J'espère qu'il n'a pas trouvé le game-hop avant nous…

– Tu sais, m@mie, j'en ai un neuf, en 3D, et p@pa m'a promis l'extension hologramme pour mon anniversaire.

M@mie ne m'écoutait pas et soulevait les étagères pour regarder en-dessous. Jusqu'à ce que :

– Ça y est ! Je l'ai, je l'ai !

On aurait cru qu'elle venait de capturer un dragon pour de vrai. Elle répétait :

– Je l'ai, je l'ai ! C'en est un. Comme celui que mon grand-père m'avait montré. En plus, il est en bon état. C'est un miracle !

Je ne voulais pas lui casser le moral, mais je lui ai quand même signalé que le jeu de dragon avait planté et que ce game-hop n'était sûrement pas compatible avec mon chargeur. M@mie a éclaté de rire comme le jour où je lui ai raconté la blague des vaches qui ne mugissaient plus parce qu'elles avaient vu un panneau marqué « La ferme ». Dans le téléport de retour, juste avant d'être désintégrée, elle riait encore.

– Ah, ah ! Pas compatible avec ton chargeur…

Une fois à la maison, m@mie m'a expliqué pourquoi c'était drôle, mais je ne suis pas sûre d'avoir tout compris. Elle m'a demandé de bien regarder « cet objet ».

– Est-ce que tu vois des fils, des câbles, une prise, une batterie, des boutons pour le volume, un micro, un écran ?

Je retournai l'espèce de game-hop dans tous les sens. C'était juste une boîte colorée… qui s'est ouverte brusquement. J'ai poussé un « oooh » d'émerveillement.

À l'intérieur de la boîte,

le dragon avait l'air de m'attendre, en compagnie d'un guerrier, d'un cheval, avec plein d'autres choses à regarder, et pas mal de lettres aussi. Mais rien ne bougeait.

– Tourne, a dit m@mie.

– Comment je fais ?

– Avec le bout des doigts, doucement.

– C'est un écran tactile ?

J'ai tourné et là, j'ai vu que le pauvre petit dragon avait été capturé par le guerrier, qui lui avait passé une corde autour du cou, et il pleurait. J'ai demandé à m@mie ce que je pouvais faire pour le délivrer. Elle a refermé la boîte et a déclaré en prenant un ton mystérieux :

– Tu n'as rien à faire. Juste à m'écouter.

M@mie a passé le doigt sur les lettres du couvercle tout en lisant :

Puis elle a ouvert la boîte et je me suis sentie téléportée à l'intérieur. Les mots sortaient de la bouche de m@mie tandis que ses doigts suivaient les lettres. Et c'était drôle, et c'était triste, et j'ai eu peur, et je voulais savoir la suite. Puis le petit dragon a retrouvé sa famille, et m@mie a dit : « FIN » en refermant la boîte.

Je lui ai demandé de recommencer. Une fois, deux fois, trois fois.

– Tu sais, Tanee, je commence à en avoir marre.

Mais pas moi !!! Je voulais vivre avec Totor. J'avais presque envie de pleurer.

Le lendemain matin, pour me consoler de mon chagrin, m@mie m'a dit que je pouvais emporter Totor avec moi. Une idée m'a traversé l'esprit.

– Au fait, Totor, qui est-ce qui l'a inventé ?

– Quelqu'un dont c'était le métier.

– Un genre de programmeur ?

– On appelait plutôt ça un écrivain.

J'ai sursauté, un peu en colère.

– Ah bon ? Parce que les filles ne pouvaient pas inventer de dragon ?

– Si, si, bien sûr. Ça existait aussi pour les filles. On disait une… une…

M@mie a parfois des trous de mémoire. Alors, j'ai voulu l'aider :

– Une écriviatrice ?

– Voilà, c'est ça ! s'est-elle exclamée, toute contente. Une écriviatrice !

6

D'habitude, quand j'ai quelque chose de nouveau, j'aime bien l'apporter dans mon infoclasse pour le montrer à C@ro. Mais Totor est une « antiquité », m'a dit m@mie. Je l'ai laissé dans ma chambre. Au moment de le quitter, comme je lui faisais un bisou, mon cerveau encore endormi s'est réinitialisé et mes yeux se sont arrondis comme deux

soucoops. Le début de TOTOR, ça ressemble à la fin de BATO ! Je venais de voir le nom de mon dragon écrit sur la boîte et je l'ai aperçu partout à l'intérieur. TOTOR… TOTOR… M@man m'a appelée :

– Tanee, dépêche-toi ! Madame Poincom t'attend.

Pendant toute la journée, j'ai eu des scores minables, je bâillais tout le temps, et madame Poincom a prédit que je finirais pousseuse de caddy à *Drive-hop*.

J'étais triste en rentrant dans ma bulle en fin d'après-midi. Pourquoi est-ce que je m'ennuie tellement dans mon infoclasse ? J'ai l'impression de ne pas être comme les autres enfants. Pour me consoler, en attendant l'heure du dîner, j'ai encore regardé *Les Aventures de Totor* et j'essayais de retrouver les mots exacts qu'avait lus m@mie. Mais il me faudrait une extension de mémoire pour mon cerveau.

À table, j'ai été disputée par p@pa. Madame Poincom lui avait envoyé sur son phone-hop un infoflash pour se plaindre de moi : « Tanee dézape et doit se ressaizip. »

– On ne m'a jamais écrit des choses pareilles au sujet de ta sœur, a grondé p@pa. Fais un effort, Tanee ! Dans notre famille, on a toujours su lire.

Après le dîner, j'ai pris une décision courageuse : frapper à la porte d'Aliène.

– Quoi, qu'est-ce qu'y a ?

Elle n'était pas contente d'être dérangée en train de rien faire. Je lui ai rappelé sa promesse de m'apprendre à lire et j'ai ajouté :

– J'ai compris comment on écrit BATO, mais quelles sont les lettres pour poney et dauphin ?

Ma sœur a soupiré de fatigue, puis elle a épelé :

– P.O.N.É et D.O.F.1.

– Super !!! Je connais trois mots maintenant.

Mais quand j'ai montré ce que je savais à m@mie le samedi suivant, elle n'a pas eu l'air de trouver ça super.

– Tanee, tu veux que je t'apprenne à lire ?

– ☺

– Je te préviens, je ne t'inventerai pas plein de petits jeux. Cela risque d'être un peu ennuyeux.

– Pas grave.

Je sais que c'est difficile à croire, mais un mois plus tard, j'étais capable de lire toute seule *Les aventures épastouflantes de Totor le dragon*.

Madame Poincom a envoyé un nouvel infoflash à p@pa : « Tanee a craqué le code de la lecture. Bravo ! » M@man m'a trouvée « extraordinaire » et p@pa m'a acheté mon premier phonoscript pour me récompenser. Il est dans ma chambre. C'est le dernier modèle. Il sent la bananille et je l'adore !!! Je peux lui dicter les histoires que j'invente, et je peux aussi les relire !

Parfois, je lui demande :

– Dessine-moi un dragon.

Mais il n'est pas aussi mignon que Totor. Alors, je ferme les yeux, j'ouvre la boîte qui est dans ma tête, je me raconte une histoire et je me projette des images comme au kiné-hop. J'en ai parlé à C@ro, mais elle s'est moquée de moi. Elle trouve que je suis « bébé » et que je ferais mieux de jouer à *Zombattaque !* avec elle sur son game-hop.

Un mercredi, j'ai parlé à m@mie de mes histoires dans la tête et j'ai vu que ses yeux se mettaient à briller.

– Attends, attends, Tanee, j'ai quelque chose pour toi dans mon armoire à vieilleries.

Elle est revenue, les bras chargés. Elle a posé devant moi plusieurs écrans blancs ultraplats et j'ai tout de suite deviné :

– C'est avec ça qu'on fabrique les sachets pour la soop !

– Pas seulement, Tanee. Autrefois, du temps de ton arrière-arrière-grand-père...

Mais j'étais trop impatiente de

découvrir l'autre antiquité pour l'écouter. C'était une boîte qui contenait des petits bâtons de bois se terminant par une pointe de différentes couleurs.

– Maintenant, Tanee, a murmuré m@mie, je vais te montrer quelque chose de magique.

Elle a pris un bâton à bout vert entre ses doigts, elle l'a fait glisser sur l'écran blanc et un trait vert est apparu. Puis elle m'a tendu le bâton.

– À toi, maintenant !

Depuis ce mercredi, je m'entraîne avec des bâtons de toutes les couleurs à dessiner des dragons rouges, des dauphins bleus et des poneys jaunes. J'écris des mots aussi, et c'est très difficile, je tremblote un peu. M@mie m'a dit de ne pas m'inquiéter si je ratais et si je recommençais. Le directeur de *Soop & Co* est un de ses amis. Il pourra lui donner des sachets blancs (sans dessin de caropignon) quand ils sortent de ses imprimantes 3D. Je les découperai, je mettrai mes images dessus et des mots pour raconter les images, puis je les collerai ensemble. Et j'en ferai plein, j'en ferai toute une collection, je les rangerai sur une étagère comme du temps de mon arrière-arrière-grand-père à la Médiatek de Lequartier.

Je ne le dis à personne parce que je ne veux pas qu'on me décourage. C'est un secret entre m@mie et moi. Quand je serai grande, je serai écriviatrice.

Du même auteur à *l'école des loisirs*

Collection MOUCHE

Le Chien des Mers
Le hollandais sans peine
Mon bébé à 210 francs
Le changelin
Qui a peur de Madame Lacriz ?
Souï-Manga (en collaboration avec Elvire Murail)
Peau-de-Rousse
Patte-Blanche
22 !
La bande à Tristan